Safari en folie !

![illustration]

Stéphane Descornes • Mérel

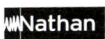

Rachid le timide

Mélanie la chipie

Pacha le chat

Pascale la géniale

Arthur le gros dur

Es-tu prêt pour une nouvelle aventure ? Eh bien, commençons !

Ah, j'y pense : les mots suivis d'un ☼ sont expliqués à la fin de l'histoire.

- 1 -

Vive les vacances ! Gafi emmène ses amis en Afrique et tous partent pour un grand safari-photo !

Safari en folie!

Le décor est magnifique.
Mais soudain, venu ciel,
un grand bruit retentit.

– Oh! s'écrie Rachid, effrayé,
des zélé… des zélé…
– … des éléphants… volants!
finit Mélanie.

Que se passe-t-il
dans la savane?

Safari en folie!

Plus loin, les enfants n'en croient pas leurs yeux…
– Ça alors, des zèbres de toutes les couleurs!

– Et là, des mini-girafes ! Oh !
– Un hippopo… dame ?
– Et là, un oiseau à carreaux !

Safari en folie!

– Qu'est-il arrivé aux animaux ? s'inquiète Gafi.
– Regardez, même Pacha a été transformé ! s'exclame Rachid.

Au secours, j'ai été touché !

Safari en folie!

- 2 -

Soudain, un calao très agité surgit :
– Au secours, étrangers, pouvez-vous nous aider ? demande l'oiseau.
– Mais oui, dit Gafi.
– Alors venez ! Mokamba, le sorcier du village, va tout vous expliquer !

Tako le calao emmène Gafi
et ses amis au village.
– J'ai oublié mon bâton grigri sous
un arbre… se lamente le sorcier.

Ce bâton a des pouvoirs magiques.
Quelqu'un l'a pris… et depuis
c'est le bazar !
  Que faire ?

– Il faut retrouver le coupable!
déclare Arthur, en colère.

L'enquête commence…
Au bout d'un moment, Tako crie :
– Venez par ici! Ils sont là! Ah,
les voleurs!

Qui a dérobé le bâton magique?
Tourne la page!

– Les singes ! montre le sorcier.
Oh, non ! Ils ont cassé mon bâton
et sa magie s'est échappée !

Il a perdu tous ses pouvoirs…
 Comment réparer les bêtises des singes ?

Safari en folie!

– Moi, je peux vous aider ! sourit Gafi.
 Et hop, hop, le fantôme lance
ses sorts. Très vite tout redevient
comme avant : les animaux retrouvent
leur couleur ou leur taille normale !

– Ahh… ça va mieux ! Merci Gafi !
dit Mokamba.

Pascale revient juste à ce moment-là avec une surprise.

– Sorcier, j'ai réparé votre bâton grigri !

– Euh, Gafi, tu n'as pas oublié quelqu'un ? sourit Mélanie.
– Oups ! Pardon, Pacha ! s'excuse Gafi.

Mokamba teste son nouveau bâton magique sur Pacha… et ça marche! Ouf!

c'est fini !

Certains mots sont peut-être difficiles à comprendre. Je vais t'aider !

Safari-photo : expédition pour photographier ou filmer les animaux sauvages, en Afrique.

Retentir : se faire entendre avec force.

Grigri : objet magique, porte-bonheur.

Coupable : personne qui a commis une faute.

Tester : essayer.

As-tu aimé mon histoire ? Jouons ensemble, maintenant !

Qui a pris le grigri ?

Retrouve le bâton grigri du sorcier :
il a 2 plumes, 3 coquillages et une perle rouge accrochés à son extrémité.

réponse : le bâton est le A.

Clic-clac !

Une photo de Gafi est abîmée, répare-la et tu découvriras le nom d'un pays où ont lieu des safaris-photos.

réponse : le pays est la TANZANIE.

Joue avec Gafi

Méli-mélo !

Les singes ont fait une dernière blague, ils ont mélangés les animaux entre eux : la gazelle est devenu un gazion, moitié gazelle, moitié lion. Quel peut être le nom des ces animaux extraordinaires ?

réponse : il y a une giradile (girafe + crocodile), un sercéros (serpent + rhinocéros), un chaphant (chat + éléphant), une tortutame (tortue + hippopotame).

Animaux en cage !

Combien de fois le mot GIRAFE est écrit ? (tu peux le lire dans tous les sens)

G	I	R	A	F	E	I
I	E	F	A	R	I	G
R	R	E	F	E	A	I
A	A	A	F	G	R	R
F	I	R	R	G	I	A
	F	A	R	I	G	F
	G	I	R	A	F	E

réponse : le mot GIRAFE est écrit 6 fois.

Dans la même collection
Illustrée par Mérel

Je commence à lire

1- *Qui a fait le coup?* Didier Jean et Zad • 2- *Quelle nuit!* Didier Lévy • 3- *Une sorcière dans la boutique,* Mymi Doinet • 4- *Drôle de marché!* Ann Rocard • 15- *Bon anniversaire, Gafi!* Arturo Blum • 16- *La fête de la maîtresse,* Fanny Joly • 23- *Gafi et le magicien,* Arturo Blum • 24- *Le robot amoureux,* Stéphane Descornes • 29- *Une drôle de robe!* Elsa Devernois • 30- *Pagaille chez le vétérinaire!* Stéphane Descornes • 35- *Le nouvel élève,* Anne Ferrier • 36- *Le visiteur de l'espace,* Stéphane Descornes • 41- *Le ballon magique,* Stéphane Descornes • 42- *SOS, dauphin!* Anne Ferrier • 45- *Safari en folie!* Stéphane Descornes

Je lis

5- *Gafi a disparu,* Didier Lévy • 6- *Panique au cirque!* Mymi Doinet • 7- *Une séance de cinéma animée,* Ann Rocard • 13- *Le château hanté,* Stéphane Descornes • 19- *Mystère et boule de neige,* Mymi Doinet • 20- *Le voleur de bonbons,* Didier Jean et Zad • 26- *Qui a mangé les crêpes?* Anne Ferrier • 31- *Le passager mystérieux,* Françoise Bobe • 32- *Un fantôme à New York,* Didier Lévy • 37- *Des clowns à l'hôpital,* Françoise Bobe • 38- *Gafi, star de cinéma!* Didier Lévy • 43- *Le chat du pharaon,* Mymi Doinet • 44- *En route pour l'espace!* Stéphane Descornes • 45- *Gafi aux Jeux Olympiques,* Danièle Fossette

Je lis tout seul

9- *L'Ogre qui dévore les livres,* Mymi Doinet • 10- *Un étrange voyage,* Ann Rocard • 11- *La photo de classe,* Didier Jean et Zad • 12- *Repas magique à la cantine,* Didier Lévy • 17- *La course folle,* Elsa Devernois • 18- *Sauvons Pacha!* Laurence Gillot • 21- *Bienvenue à bord!* Ann Rocard • 22- *Gafi et le chevalier Grocosto,* Didier Lévy • 27- *Qui a kidnappé la Joconde?* Mymi Doinet • 28- *Grands frissons à la ferme!* Didier Jean et Zad • 33- *Les chocolats ensorcelés,* Mymi Doinet • 34- *Au bal costumé,* Laurence Gillot • 39- *Mélanie la pirate,* Stéphane Descornes • 40- *Sous les étoiles,* Elsa Devernois

Directeur de collection et conseil pédagogique :
Alain Bentolila
Jeux conçus par Georges Rémond

© Éditions Nathan (Paris-France), 2012
Loi n°49-956 du 16 juillet 1949
sur les publications destinées à la jeunesse
ISBN 978-2-09-253638-4
N° éditeur : 10179447 - Dépôt légal : janvier 2012
Imprimé en France par Loire Offset Titoulet